얼굴 빨개지는 아이

얼굴 빨개지는 아이

장자크 상페 글·그림 | 김호영 옮김

MARCELLIN CAILLOU
by
JEAN-JACQUES SEMPÉ

 이 책은 실로 꿰매어 제본하는 정통적인 사철 방식으로 만들어졌습니다.
사철 방식으로 제본된 책은 오랫동안 보관해도 손상되지 않습니다.

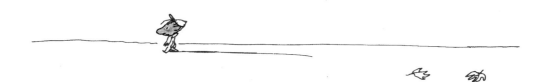

꼬마 마르슬랭 카유는 다른 많은 아이들처럼 아주 행복한 아이로 지낼 수도 있었다.
하지만 불행히도,

마르슬랭은 어떤 이상한 병에 걸려 있었다. 얼굴이 빨개지는 병이었다.

그 아이는 그래, 혹은 아니, 라는 말 한마디를 할 때에도 쉽게 얼굴이 빨개졌다. 물론 여러분은,

그 아이만 얼굴이 빨개지는 게 아니라 모든 아이들은 얼굴이 쉽게 빨개진다고 얘기할 것이다. 아이들이란 겁을 먹거나 잘못을 저질렀을 때 대개 얼굴이 빨개지게 마련이라고. 그런데 마르슬랭에게 있어 심각한 문제는, 아무런 이유 없이 얼굴이 빨개진다는 것이었다.

마르슬랭의 얼굴은 그가 예상하지 못한 순간에 주로 빨개졌다.

반대로 당연히 얼굴이 빨개져야 할 순간에는 빨개지지 않았고……

한마디로 마르슬랭 카유는 꽤 복잡한 나날을 보내고 있었다.

그는 스스로에게 몇 가지 질문을, 아니 그보다는 항상 똑같은 내용의 질문 하나를 던지곤 했다.

왜 나는 얼굴이 빨개지는 걸까?

물론 여러분들에게, 어떤 요정(숲속의 요정)이 마르슬랭의 병을 낫게 할 수 있는 자연적인 재능을 가지고 있다거나, 현대적인 대도시에 사는 어떤 솜씨 좋은 의사가 이 희귀한 병을 치료할 수 있다고 말할 수도 있다. 그러나 마르슬랭이 사는 동네에는 요정이 없었다. 게다가 현대적인 대도시에는 많은 의사들이 있었지만 누구도 그의 병을 치료해 줄 수 있을 만큼 솜씨가 뛰어나지 못했다.

마르슬랭은 결국 계속 빨개지는 얼굴로 다녀야 했다.

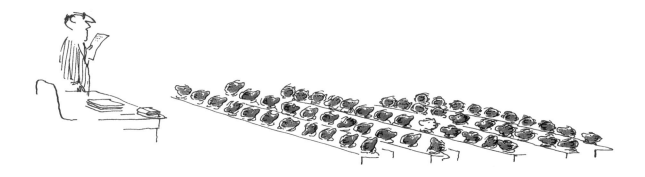

물론, 정말 얼굴이 빨개져야 할 때를 빼놓고는……

(그의 다른 모든 친구들은 똑같은 일이 자기에게도 일어날 수 있다는 생각에 가슴이 뛰어 얼굴이 빨개지지만, 마르슬랭은 겉으로는 어떤 동요도 없는 것처럼 보인다.)

조금씩 마르슬랭은 외톨이가 되어 갔다. 그리고 언젠가부터는, 기마전 놀이나 기차놀이, 비
행기놀이, 잠수함놀이와 같은 아주 재미있는 놀이를 하며 뛰어다니는 그의 꼬마 친구들과도
어울리지 못하게 되었다.

왜냐하면, 아이들이 자기의 얼굴 색깔에 대해 한마디씩 하는 것이 마르슬랭은 점점 견디기 힘
들어졌기 때문이다.

난 새빨간 비행기.
야 정말 재밌다!

그래서 그는 혼자 노는 것을 더 좋아하게 되었다.

마르슬랭은 바닷가에서 보내는 여름 바캉스 철을 항상 그리워했다. 그때가 되면 사람들 얼굴이 모두 함께 빨개졌고, 사람들은 빨개진 얼굴에 만족하는 것처럼 보였기 때문이다.

또 모든 사람들이 추위로 얼굴이 새파래지는 한겨울에, 혼자 계절에 맞지 않는 이상한 얼굴색을 하고 다니는 것이 싫었기 때문이기도 하다.

하지만 마르슬랭은 <그렇게까지> 불행하지는 않았다. 단지 자신이 어떻게, 언제, 그리고 왜 얼굴이 빨개지는지를 궁금하게 여길 뿐이었다.

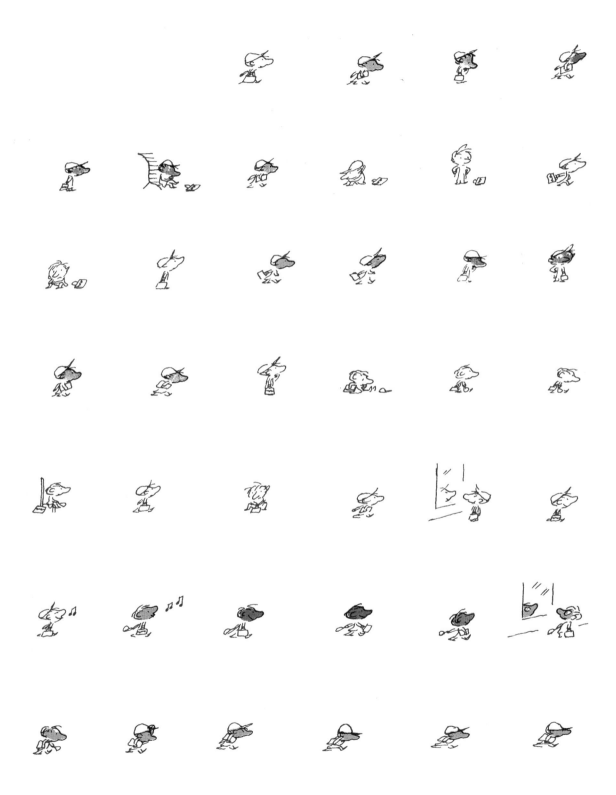

이런 궁금증은 아주 오랫동안 그를 잠 못 들게 하곤 했다.

어느 날, 마르슬랭은 여느 때처럼 얼굴이 빨개진 채 집으로 돌아오다가

계단에서 재채기 소리 비슷한 어떤 소리를 들었다…….

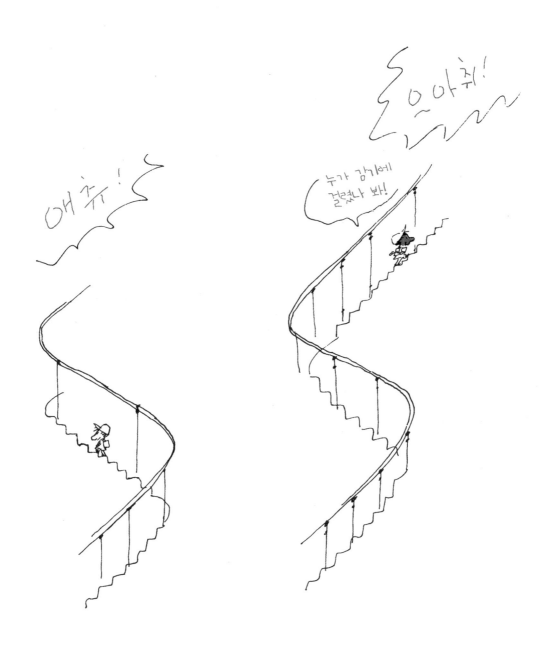

2층에 다다랐을 때, 마르슬랭은 또 한 번 그 재채기 소리를 들었고,
3층에서도 다시 그 소리를 들었다.

그 아이의 이름은 르네 라토였고,
마르슬랭의 새 이웃이었다.

그런데 4층으로 올라가는 계단 중간
에서, 마르슬랭은 한 꼬마 남자아이
를 발견했다.
바로 그 아이가 그런 재채기 소리를
내고 있었던 것이다. 〈감기 걸렸니?〉
하고 마르슬랭이 물어보았다.

꼬마 르네 라토는 아주 매력적인 아이였고, 우아한 바이올린 연주자였으며, 훌륭한 학생이었다. 그런데 르네는 갓난아이 때부터 아주 희한한 병에 시달리고 있었다.

그것은 전혀 감기 기운이 없는데도 자꾸만 재채기를 하는 병이었다.

르네는 마르슬랭에게 말했다. 이 귀찮은 재채기가 자기의 인생을 어렵게 만들고 있으며(어느 날 저녁엔가 브루시니 쉬르 오르주 마을의 뵈바르시 부인 집에서 열린 매우 수준 높은 음악회에서, 꽤 유명한 사람들과 함께 연주를 할 때도 그는 재채기를 했다) 이 일이 한때 사람들 사이에 얘깃거리가 된 적도 있었다고.

그 후, 르네 라토는 혼자 강가를 산책할 때에만 겨우 위안을 얻을 수 있었다.
잔잔히 흐르는 강물과
새들의 부드러운 지저귐만이
그의 깊은 고통을
위로해 주곤 했다.

물론 여러분들에게, 착한 마음씨를 지닌 강의 요정이 나타나서 그의 병을 낫게 해주었다고는 얘기하지 않을 것이다. 르네가 사는 마을에는 착한 요정이 없었기 때문이다(그렇다고 나쁜 요정이 있는 건 아니었다). 혹은 대도시에 사는 어떤 훌륭한 의사가 조그만 알약들로 그의 병을 완치했다고도 얘기하지 않겠다. 아니, 아무도 그의 병을 치료하지 못했다. 요정도, 훌륭한 의사도……

하지만 르네는 〈그렇게까지〉 불행하지는 않았다. 단지 코가 근질거렸을 뿐이고, 그것이 그를 자꾸 신경 쓰이게 만들 뿐이었다.

그런데 그는 우연히 마르슬랭의 얼굴이 빨개진다는 사실을 알아차렸다.

그들은 오랫동안 얘기를 나누었다.

그날 밤 두 꼬마는 밤새 잠을 이루지 못했고, 서로 만나게 된 것을 아주 기뻐했다.

그들은 서로 떨어질 수 없는 사이가 되어 갔다.
르네는 마르슬랭을 위해 바이올린을 연주해 주곤 했다.

그리고 운동에 타고난 소질이 있는 마르슬랭은, 운동선수가 실력을 쌓고 쉽게 좌절하지 않기 위해 몰라서는 안 될 몇 가지 기술들을 아낌없이 르네에게 가르쳐 주었다.

마르슬랭은 어디든 도착하기만 하면, 곧바로 르네가 있는지 없는지를 물었다.

마찬가지로, 꼬마 라토 역시 항상 꼬마 카유를 찾았다.

그들은 목요일과 일요일만 되면, 하루 종일 숨바꼭질을 하며 놀았다.

그들은 함께 신나는 나날을 보냈다.

학예회가 있던 그날, 아마도 이 세상에 마르슬랭보다 더 행복한 사람은 없었을 것이다. 왜냐하면, 그의 친구가 멋지게 바이올린을 연주한 후 정말로 아주 좋은 반응을 얻었기 때문이다.

정말
멋진 연주

또 르네는 마르슬랭이 부드러운 어조로 또박또박 훌륭하게 시를 읊어 내는 것을 보면서,
가슴이 터질 것만 같은 기쁨을 느꼈다.

하늘은 온통 파란색
바다도 푸른색
내가 이 군청색 하늘에 그리고
파스텔톤 청색 바다에 감탄하는
것은 그렇게 푸르른 청색이 바로
내가 좋아하는 색깔이기 때문…

그들은 정말로 좋은 친구였다. 그들은 짓궂은 장난을 하며 놀기도 했지만,

또 전혀 놀지 않고도, 전혀 말하지 않고도 같이 있을 수 있었다. 왜냐하면, 그들은 함께 있으면서 전혀 지루한 줄 몰랐기 때문이다.

르네가 황달에 걸렸을 때, 마르슬랭은 그의 곁에 있어 주었다.
그는 사람이 이렇게까지 노랗게 될 수 있다는 것에 놀라워했다.

그리고 마르슬랭이 홍역을 앓았을 때, 르네 역시 이 병을 앓은 적이 있었기 때문에
원하는 만큼 친구 곁에 있을 수 있었다.

마르슬랭은 감기에 걸릴 때마다 그의 친구처럼 기침을 할 수 있다는 사실에 흡족했다. 그리고 르네 역시 햇볕을 몹시 쬔 어느 날, 그의 친구가 가끔씩 그러는 것처럼 얼굴이 빨개져 버린 것에 아주 행복한 적이 있었다.

둘은 정말로 좋은 친구였다.

그러나 (이 글자는 좀 더 까만색이다. 왜냐하면, 이어질 이야기들이 조금은 슬픈 것이기 때문이다)

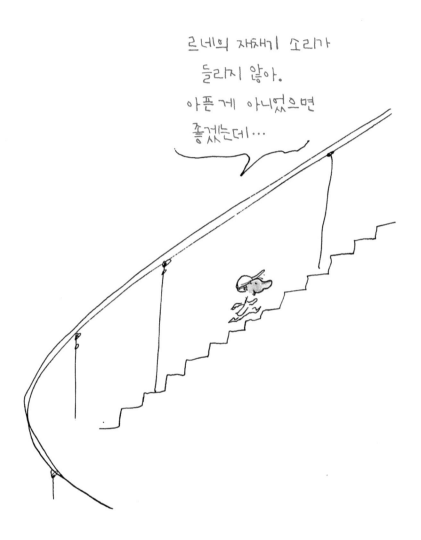

어느 날, 마르슬랭은 할아버지 댁에서 일주일 정도 방학을 보낸 후, 집으로 돌아오자마자 친구 르네의 집으로 뛰어 올라갔다.

그런데 르네네 집 문 앞에는 이상한 지푸라기들이 널려 있었다.

그러고는 한 번도 본 적이 없는 어떤 사람이 그에게 문을 열어 주는 것이었다.

그는 그릇들로 가득 찬 상자들을 발견했다.
그리고 이번에는, 정말로 감정이 복받쳐 올라 얼굴이 빨개졌다!

르네 가족은 이사를 가고 없었던 것이다.

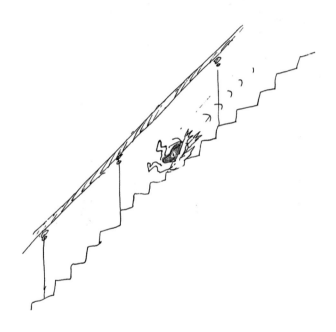

마르슬랭은 정신이 나간 아이처럼 계단을 뛰어 내려왔다!
2층과 3층 사이 계단에서는 넘어지기까지 하면서.

그러고는 엉엉 울며 집에 왔다.

그러나 여러분은 부모란 어떤 사람들인지 잘 알고 있을 것이다. 부모들은 항상 해야 할 일들이 쌓여 있고, 항상 시간에 쫓긴다……

가족들은 르네가 남기고 간 편지와 주소를 오랫동안 찾아보았다.

시간은 흘러갔고, 마르슬랭은 다른 친구들을 사귀게 되었다.

손가락으로 휘파람을 불 줄 아는 파트리스 르코크,

조립에 대단한 취미가 있으며, 또 무엇이든지 어떻게 해서든 만들어 내는
쌍둥이 필리파르 형제,

끊임없이 말다툼을 하는 폴 발라프루아와 그의 여동생 카트린,

운동을 좋아하고 몸집이 크며, 진한 우정을 가진 로베르와 프레데리크 라조니 형제,

그리고 정말 웃기고, 뭐든지 잘하며, 여우처럼 꾀가 많은 롤랑 브라코.

물론 로제 리보두도 빼놓을 수 없는데,

붉은 머리에 안경을 끼고, 항상 주의가 산만한 아이였다.

마르슬랭은 리보두를 아주 좋아했는데, 이 아이는 너무 주의가 산만하여

항상 그를 웃겼기 때문이었다.

자... 잘가
마튀랭.
내일 보자

아냐. 마튀랭이 아니야!
마르슬랭이야.

아마르스랭
그래...

저, 너에게 하고 싶은 말이 있는데
알고 있는지 모르겠지만 넌 가끔씩 얼굴이
많이 빨개지는 것 같아.

야. 그건 내가
너한테 백 번도 넘게 말했다.
웃기지 좀 마!
리보두

마르슬랭은 르네 라토를 잊지 않았고, 자주 그를 생각했으며, 매번 그의 소식을 들을 수 있도록 노력해 봐야지 하고 다짐했다. 하지만 어린 시절엔 하루하루가 미처 알아차리기도 전에 흘러 가 버린다. 한 달 한 달도 마찬가지이고……

한 해 한 해도 마찬가지이다.

마르슬랭은 나이를 먹어 갔다. 그는 여전히 얼굴을 붉혔다. 좀 나아지기는 했지만, 그는 항상 조금 얼굴이 새빨개진 채로 다녔다. 어느덧 어엿한 어른이 되었지만 변함이 없었다.

여기저기에서 전화가 걸려 오고,

자동차를 타고 다니고,

비행기와,

엘리베이터도 타고 다니는

그는 모든 사람들이 뛰어다니는 대도시에 살게 되었고, 그도 다른 모든 사람들처럼 뛰어다녔다.

어느 날 그는 비를 맞으며 버스를 기다리고 있었다. 그는 약속 시간 때문에 몹시 초조했는데,

9시 15분에는 라르슈 씨, 9시 45분에는 푸르셰 씨, 10시 15분에는 리폴랭 씨, 10시 45분에는 베레니스 씨, 11시 15분에는 브라운스미스 씨, 그리고 11시 45분에는 파르지팔 씨와 각각 약속이 있었다.

그는 감기에 걸린 불쌍한 한 남자가 끊임없이 기침하는 소리를 들었다. 그러고는 다른 모든 사람들처럼 웃음을 터뜨렸다.

그는 그 감기 환자를 쳐다보았다.

그리고 (이 글자가 왜 분홍색으로 쓰였는지는 설명할 필요도 없을 것이다)

그는 바로 라토였다.

무척 노력해 보았지만, 두 친구가 느꼈던 기쁨을 여러분에게 설명하기란 내겐 역부족이다.

르네 라토는 바이올린을 가르치는 교수가 되어 있었다. 그들은 수많은 이야기를 주고받았다.

친구의 간청에 못 이겨, 르네는 바이올린을 연주해 주었다.

그리고 이번에는 마르슬랭이, 세월이 아직 그의 타고난 운동 신경을 무디게 하지 않았음을 보여 주었다.

그들은 아예 달리기 경주까지 해보았다.

마르슬랭이 근소한 차이로 이기기는 했지만.

그들은 또 몇 가지 엉뚱한 놀이들에 열중했고, 쓸쓸히 지나가던 사람들은 그들을 호기심 어린
눈으로 쳐다보았다.

그들은 멋진 하루를 보냈고 몇 가지 계획들도 세웠다.

내가 여러분을 우울하게 만들 생각이었다면, 이제부터 여러분에게 이 두 친구가 자신들의 일에 떠밀려 다시는 만나지 못했다는 이야기를 들려주려 했을 것이다. 사실, 삶이란 대개는 그런 식으로 지나가는 법이기 때문이다. 사람들은 우연히 한 친구를 만나고, 매우 기뻐하며, 몇 가지 계획들도 세운다.

그러고는, 다신 만나지 못한다. 왜냐하면 시간이 없기 때문이고, 일이 너무 많기 때문이며, 서로 너무 멀리 떨어져 살기 때문이다. 혹은 다른 수많은 이유들로.

그러나 마르슬랭과 르네는 다시 만났다.

게다가 그들은 아주 자주 만났다.

마르슬랭은 어디든 도착하면, 곧바로 르네가 있는지를 물어보았다.

마찬가지로, 르네 라토도 항상 마르슬랭 카유를 찾았다.

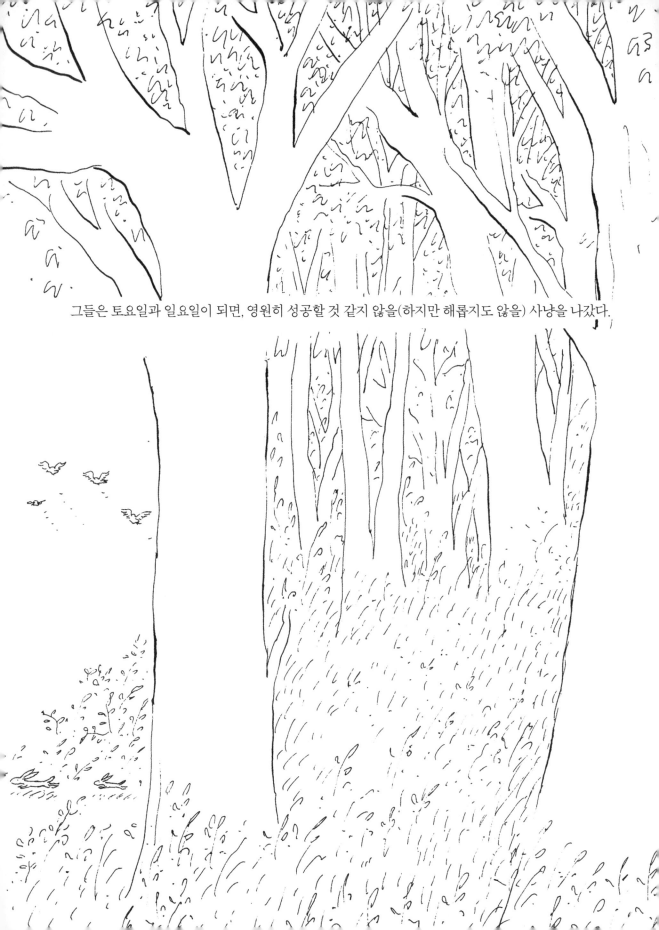

그들은 토요일과 일요일이 되면, 영원히 성공할 것 같지 않을(하지만 해롭지도 않을) 사냥을 나갔다.

또 여전히 짓궂은 장난도 했다.

하지만 그들은 여전히

아무것도 하지 않고

아무 얘기도 하지 않고 있을 수 있었다.

이봐, 자네 혹시 알아차리지 못했나?
우리 큰아들 로베르 말이야. 정확히는 모르겠는데
그 애도 별 이유 없이, 그렇게 재채기를 하는 것 같아.
그것도 꽤 자주…이상하지…

그러게, 이상하네…

그 애가 왜 그러는지 나도 궁금하군.
근데 미셸도 마찬가지야. 가끔 얼굴이 빨개지거든.
아주 빨개져. 참 신기하지…

왜냐하면 그들은 함께 있으면서 결코 지루해하지 않았으니까.

Sempé. 1968-69.

Fin

얼굴 빨개지는 아이

옮긴이 김호영은 서강대학교 불어불문학과를 졸업하고 프랑스 파리8대학에서 조르주 페렉 연구로 문학 박사 학위를, 고등사회과학연구원EHESS에서 영화 이미지 연구로 영화학 박사 학위를 받았다. 현재 한양대학교 프랑스언어문화학과 교수로 재직 중이다. 저서로『프랑스 영화의 이해』,『그리스 문화와 헬레니즘 문화』, 『패러디와 문화』(공저) 등이 있고 역서로『인생 사용법』,『알렉산드리아』,『영화 속의 얼굴』등이 있다.

글·그림 장자크 상페 옮긴이 김호영 발행인 홍예빈·홍유진 발행처 주식회사 열린책들 주소 경기도 파주시 문발로 253 파주출판도시 대표전화 031-955-4000 팩스 031-955-4004 홈페이지 www.openbooks.co.kr Copyright (C) 주식회사 열린책들, 1999, 2018, *Printed in Korea.* ISBN 978-89-329-1909-6 03860 발행일 1999년 5월 30일 초판 1쇄 2009년 5월 5일 초판 54쇄 2009년 9월 10일 2판 1쇄 2017년 12월 30일 2판 24쇄 2018년 5월 10일 특별판 1쇄 2018년 7월 20일 4판 1쇄 2022년 8월 25일 4판 8쇄 2022년 12월 5일 개정판 1쇄 2023년 6월 10일 6판 1쇄 2023년 12월 15일 6판 2쇄

이 도서의 국립중앙도서관 출판예정도서목록(CIP)은 서지정보유통지원시스템 홈페이지(http://seoji.nl.go.kr)와 국가자료공동목록시스템(http://www.nl.go.kr/kolisnet)에서 이용하실 수 있습니다. (CIP제어번호: CIP2018011619)